Nicolas Noël raconte...

Rudolf,
mon
premier envol !

Merci !

Un merci immense à tous les lutins, fées, fées marraines, elfes des neiges, mages et magiciens qui ont cru en moi. Je sais que vous vous reconnaissez. Soyez heureux et heureuses. Vous le méritez, nous le méritons tous...

Les éditions
du petit monde

Les éditions du petit monde
2695, place des Grives
Sainte-Rose, Laval
Québec H7L 3W4
450-622-7306
www.leseditionsdupetitmonde.com
Déjà parus aux éditions du petit monde, tous les livres de la série Nick la main froide
(www.nicklamainfroide.com).

Direction artistique de l'édition : François Tardif

Idée originale : Daniel Blondin (www.nicolasnoel.com)
Photo : Bianca lasenzaniro, Grafica foto shoppe (www.graficafoto.com)
Conception graphique et retouches de l'illustration couverture : Créations HD (www.creationshd.com)
Illustrations : Karine Comtois
Corrections : Denise Ménard
Corrections et révision linguistique : Josée Douaire

Dépôt légal,
Bibliothèque nationale du Québec, 2008

Catalogage avant publication de Bibliothèque et Archives nationales du Québec et Bibliothèque et Archives Canada

Blondin, Daniel

    Rudolf, mon premier envol !

    (Nicolas Noël raconte)
    Pour enfants de 3 à 8 ans.

    ISBN 978-2-923136-10-3

    I. Tardif, François, 1958- . II. Comtois, Karine. III. Titre.

PS8603.L65R82 2008   jC843'.6   C2008-941671-6
PS9603.L65R82 2008

Rudolf,
mon
premier envol !

Il est quatre heures du matin et je saute discrètement en bas de mon lit. Je ne veux pas réveiller ma belle Blanche. Je me dépêche à rejoindre les lutins qui travaillent sans arrêt à la construction de notre magnifique maison. Chaque jour, les travaux avancent à pas de géant. Mais Blanche, ayant le sommeil léger, se réveille. Chaque matin, elle n'en revient toujours pas :

« Oh ! Nicolas dit-elle en se levant, **tu as vu la belle chaise berçante en bois ?** »
« **Oui Mamie, je sais, je sais, c'est Luka, le lutin, qui l'a faite cette nuit pour toi.** »

Depuis que nous avons été choisis par la fée Stella pour distribuer les cadeaux de tous les enfants du monde, nous vivons dans un monde magnifique*. Bientôt, notre maison sera terminée et j'ai très hâte. En attendant, vivre dans une maison de lutins quand on fait au moins deux fois leur taille, c'est difficile pour le dos !

Mais je ne m'en plains pas trop car Luka, le lutin, qui a eu l'amabilité de nous héberger durant la construction de notre maison, est très gentil. Au petit déjeuner, comme à tous les matins depuis notre arrivée au pôle Nord, il me rassure encore chaque fois en me disant :

*voir le livre de Nicolas Noël raconte : La véritable histoire du Père Noël

« N'ayez crainte maître Noël, tout arrivera au bon moment ! Tout arrive toujours au bon moment ! Et bientôt, ce sera la nuit de Noël. Et pour la toute première fois, vous ferez le tour du monde et donnerez des cadeaux à tous les enfants sages du monde entier. »

« Avouez tout de même, cher Luka, que ce ne sera pas une mince tâche. »
« Bof, vous allez voir ! Grâce à vos nouveaux pouvoirs magiques, la fée des étoiles et la générosité de mille lutins du nord, je suis persuadé que vous y arriverez, dame Blanche et vous ! Et justement ce matin, j'ai une bonne nouvelle puisque la construction de l'atelier de jouets est terminée. Suivez-moi ! »

Je termine ma rôtie et ma tasse de thé au jasmin et j'ai juste le temps d'embrasser Blanche qui me promet de me rejoindre un peu plus tard.

« Je dois d'abord superviser l'équipe de lutines qui confectionnent les immenses poches rouges dans lesquelles nous entasserons tous les cadeaux des enfants. » me dit-elle.

Puis, sans que j'aie le temps de rajouter un seul mot, Luka m'entraîne avec lui sur le chantier, là où une équipe de cent lutins sont déjà à pieds d'œuvre pour nous construire la plus belle des maisons. Au milieu des planches et des clous, il me fait virevolter autour de cinquante lutins avant de me montrer un immense et splendide atelier.

« Maître Lutin, vous êtes un génie ! Il y a tout ici pour fabriquer les plus beaux jouets. »
« Merci, merci ! »

Cependant, au bout de ma visite, je ne peux m'empêcher de paraître un peu troublé :
« Mais, mais, il y a un tout petit problème, qui les fabriquera ? »
« Quoi ? »
« Les jouets ! Qui fabriquera les jouets ? J'ai beau être maintenant immortel et être un excellent menuisier comme mon père, le Père Gel, je ne vois pas comment j'arriverai à fabriquer tous les jouets pour tous les enfants sages du monde entier ? »

Luka sort de sa poche une grande lettre. Il me regarde droit dans les yeux et me déclare fièrement :

« Ce sont les meilleurs, les meilleurs lutins. Hé hé ! Ce sont les lutins du sud qui fabriqueront les jouets ! »
« Vous m'étonnez chaque jour, Luka. »

Encore aujourd'hui, j'essaie d'en savoir un peu plus et je continue à lui poser mille questions. Il y a tant de choses à savoir et tant de cadeaux à fabriquer.

« Je ne savais pas qu'il existait des lutins ailleurs qu'ici. »
« Ce serait trop long à raconter mais disons qu'en gros, il y a très longtemps, tous les lutins vivaient au milieu des humains. Mais comme ceux-ci croyaient de moins en moins à la magie et qu'ils prenaient tout simplement plus de place avec leurs grandes villes, les lutins ont préféré se retirer progressivement de la vie des humains. Certains allèrent vivre en forêt, sous terre ou plus au sud. Comme le reste des êtres magiques venus du pays de Fééria d'ailleurs. »

« Et comment se fait-il que vous viviez si loin au nord parmi des hardes de rennes et dans cet environnement si froid et si hostile ? »

« Mon groupe et moi avons décidé de monter vers le nord, vers l'Étoile du Nord. C'est là, comme vous le savez maintenant, qu'habite notre reine protectrice, Stella, la Fée des Étoiles. Ici dans le grand nord, c'est à dos de rennes et à toute vitesse que nous pouvons nous déplacer sur la grande banquise nordique. Les rennes sont vite devenus nos amis lors de notre arrivée ici. C'est grâce à eux que nous avons pu nous adapter aux rigueurs du froid intense du grand nord. »

« Et vos cousins du sud, pouvons-nous les rencontrer ? » ajoute Blanche qui vient de se joindre à nous pour bien sûr participer à l'organisation du travail de la journée.
« Non ! »
« Non ? »
« En fait, pas maintenant. »
« Et pourquoi pas maintenant ? »

« Parce qu'ils sont en route et qu'ils ne sont pas encore arrivés ! Lorsqu'ils ont su la nouvelle de votre nomination comme protecteur des enfants, ils nous ont écrit cette lettre pour nous dire qu'ils ont décidé de nous rejoindre et de vous aider. »

« Mais, mais Noël, c'est très bientôt, nous ne serons jamais prêts à temps ! »

« Nicolas, ne vous en faites pas, les lutins seront là. Rappelez-vous... tout arrive au bon moment ! Tout arrive toujours au bon moment ! Je vous propose, chers amis, d'aller saluer notre reine protectrice, Stella la Fée. Elle pourra répondre à toutes vos questions, j'en suis sûr. Non que je ne veuille pas y répondre moi-même, mais si vous voulez que votre maison soit prête le plus vite possible... »

« Bonne idée ! Je voulais justement savoir comment fonctionnent mes nouvelles lunettes magiques, dit Blanche. Je pourrais demander à Stella de me faire une démonstration. »

Au même moment, le maire du village arrive à toute vitesse sur le dos d'un renne.

« Monsieur Gilbreth... » dis-je pour l'accueillir.

« Bien le bonjour, monsieur Nicolas. »

« Alors, les préparatifs vont bon train encore ce matin ? »

« Justement monsieur Nicolas, continue Gilbreth en tournant rapidement autour de moi et en donnant ses instructions à plusieurs lutins concernant la construction de notre maison. Monsieur Nicolas...»

Blanche, qui était tout près de moi, se rapproche davantage pour me parler discrètement à l'oreille :
« Je crois comprendre comment fonctionnent mes nouvelles lunettes ! Je lis dans le cœur de ce lutin une grande inquiétude ! Sois à son écoute, Nicolas. »

« Voilà ! Un grand malheur s'abat sur nous. Rien ne va plus ! Aucun signe de vie de nos cousins du sud, les lutins spécialistes en fabrication de jouets. Ils se sont peut-être perdus sur la grande étendue blanche de la banquise. Ou encore, ils sont tombés dans une crevasse sans fin. Pire ! Les ogres des glaces les ont attrapés et les ont tous croqués pour le petit déjeuner. Les ogres ne sont pas tous méchants mais certains chercheront à se régaler de nos amis lutins.»

Je me rappelle de ce moment comme si c'était hier. Le renne sur lequel était arrivé Gilbreth prit la parole !

« Il faut à tout prix les retrouver, Luka. Le Kaamos va bientôt s'installer et il nous sera impossible d'intervenir. »

« Est-ce moi qui ai l'esprit dérangé ou ai-je bien entendu ce renne vous dire que nous devons sauver des lutins perdus ? »

« Suis-je bête ! dit Luka. J'ai oublié de vous dire qu'avec vos nouveaux pouvoirs, il est tout à fait normal pour vous, comme pour nous les lutins, que vous compreniez le langage des animaux du nord. Nous nous trouvons dans un cercle magique protégé par la fée Stella. D'ailleurs je vous présente le renne Cupidon, 1er du nom : très gentil, attentionné et très charmeur. Il aime rendre service et il est toujours là pour calmer les ardeurs de ses compagnons. »

« Mes hommages, madame, dit le renne en faisant la révérence. Père Nicolas, c'est un honneur. »

« Comprendre la langue des rennes, c'est commode mais il y a quand même un mot que je n'ai pas compris. Qu'est-ce que c'est que ce kakamusse ? »

« K-A-A-M-O-S, madame Natale. Kaamos ! dit Luka en riant. Dans cette région du monde, durant l'hiver, tout le nord, au-delà du cercle polaire, est enveloppé dans un voile sombre d'une nuit qui peut durer jusqu'à cinquante jours ! Il faut affronter le grand Kaamos, la grande nuit polaire ! Et on n'y voit plus rien ! »

« La vie de mes amis lutins est menacée. Et la première distribution de jouets du monde est sur le point d'être compromise ; c'est la catastrophe ! » ajoute Gilbreth en faisant les cent pas.

« Que peut-on faire pour vous aider à les retrouver, maître Gilbreth ? »
« Chère mère Blanche, nous devons sonner l'alerte et organiser des recherches actives.
Luka ! Avertis tous les lutins du nord de la situation. Qu'ils abandonnent pour l'instant toutes leurs activités. Rendez-vous au palais de glace, la fée Stella nous donnera un coup de main. »

Au palais de glace, tous arrivèrent très rapidement. La fée des étoiles écouta Gilbreth exposer la situation.

« Père Nicolas, je vous remets cette poussière d'étoiles filantes. Vous en aurez suffisamment pour faire voler huit rennes. Choisissez-les parmi les plus braves et les plus avisés. Demandez-leur qu'ils survolent la banquise en direction du Détroit de Béring. Là, ils trouveront les lutins du sud spécialistes en fabrication de jouets, perdus sur les glaces éternelles. Mais faites vite. La nuit polaire arrive à grands pas. Voilà tout ce qui m'est permis de faire pour vous aider. »

Puis la fée disparut dans un nuage de frimas glacé.

« Je suggère que le Père Nicolas et moi allions rencontrer Tonnerre, mon chef de harde, dit Cupidon. Je suis sûr qu'il se fera un immense plaisir de nous aider à la sélection des meilleurs rennes pour ce travail. »

« Bouchez-vous les oreilles Père Nicolas, je vais bramer un bon coup pour avertir mes compatriotes rennes. Ils viendront à l'appel. »

Cupidon brama haut et fort. Plusieurs rennes répondirent à son appel dont **Tonnerre**. Les présentations faites et les explications données, Tonnerre, lui-même, accepta de faire partie de l'attelage.

« Merci Tonnerre de bien vouloir accepter de nous aider. Les lutins et moi vous en sommes très reconnaissants. » lui dis-je.

« Cela va de soi Père Nicolas, les lutins et nous, les rennes, sommes de bons amis depuis très longtemps. Il est tout à fait naturel de s'entraider ainsi. Mais permettez-moi de vous présenter Comète, ma compagne de vie. »

« Mère Noël, Père Nicolas, je suis ravie de faire votre connaissance. » dit Comète.

Puis arrive **Éclair**, le frère de Tonnerre.
« Si vous avez quelque chose à dire à celui-là,

dépêchez-vous! Il est toujours pressé. Il risque de partir avant que vous n'ayez terminé votre **phrase.**» me dit Cupidon à la blague.

«Moi aussi, je suis partant! Surtout si on bat des records de vitesse en faisant le tour de la banquise.»

«Tiens! Tiens! Tiens! Bonjour monsieur le sportif émérite, Fringant. D'ailleurs, ajouta-t-il pour mon simple bénéfice, **on l'a nommé officiellement l'entraîneur de la harde. Son surnom... c'est coach!**»

«Bien le bonjour coach euh! Je veux dire monsieur Fringant et merci de nous aider.» lui dis-je un peu rouge d'avoir été familier avec lui si rapidement.

«Ah! Voilà Danseur. dit Cupidon en me présentant un renne qui n'arrêtait pas de bondir depuis que Tonnerre les avait tous fait venir. **Il acceptera lui aussi, j'en suis sûr, car chaque fois qu'il a l'opportunité de voler dans le ciel, il a l'impression de jouer dans un grand spectacle de danse où il serait la vedette! N'est-ce pas, cher Danseur?**»

«**Sache, jeune Cupidon, que ce n'est pas parce que j'aspire à être le premier renne de danse classique du Royaume que j'accepte la mission mais bien parce que la vie de nos amis les lutins est en jeu.**» dit le nouveau venu.

«**Tu sais bien que je te taquine toujours, mon ami. Si vous voulez le faire parler pour ne rien dire celui-là, Père Nicolas, surnommez-le l'artiste.**»

«Alors qui d'autres parmi vous veut bien faire partie de l'équipe de recherche hum? Qui?»

Un tout petit faon arriva à la course en criant:
«**Moi! Moi! Moi! Papa est-ce que je peux? Je peux, hein?**»

Comme je m'apprête à demander à Cupidon qui est ce petit faon, sans bois, qui cherche à prendre la parole, Tonnerre lui répond.

«**Non, mon fils et tu sais parfaitement pourquoi.**»

Je compris alors pourquoi Tonnerre, ce renne majestueux, était vraiment digne d'être le chef de la harde. Avec son air royal et fier, capable de gentillesse et de compréhension, il est sûrement aussi en mesure d'exiger de sa harde ce qu'il faut pour survivre dans ce monde de glace et de froid intense. Ça m'apparaît évident en le regardant. Tonnerre s'approcha de moi avec son fils et dit :«**Maître Nicolas, je vous présente mon fils, RUDOLF.**»

Rudolf me salua poliment comme on lui avait probablement appris à le faire. Mais très rapidement, il revint sur le sujet en me parlant directement :

« Bonjour monsieur. Dites-moi ! Est-ce que je pourrai participer aux recherches moi aussi, monsieur maître Nicolas ? Je veux dire, monsieur maître Noël, monsieur Père Noël Nicolas, dites, s'il vous plaît ? »

Le regard de son père suffit à Rudolf pour qu'il se calme un peu mais il ne put s'empêcher d'ajouter :
« Qu'y a-t-il ? J'ai dit s'il vous plaît ! »

Je remarquai que Rudolf non plus n'était pas un renne comme les autres. Son œil vif laissait entrevoir la finesse de son intelligence.
« Je crois, jeune Rudolf, qu'il serait préférable pour l'instant d'écouter ton papa. » lui dis-je de façon peu convaincante.
« Mais dès que tu seras grand, ajoutai-je, **tu deviendras sûrement à ton tour un chef de harde très respecté.** »

Je ne sais si Rudolf vit dans mon œil le fait que je le croyais capable de nous aider mais comme je ne voulais pas compromettre l'ordre de son père, qui somme toute était raisonnable, je crus bon de faire fi du fait qu'il bougonnait. Il disait sans arrêt :

« Ce n'est pas juste ! Ce n'est pas juste ! Ce n'est pas juste ! »

J'étais bien content que Comète, la mère, en rajoute :
« Rudolf, mon petit, tu connais la règle. Tu es trop jeune pour prendre ton envol. »
« Je sais maman mais peut-être que ça fonctionnera avec moi et qu'il n'y aura pas de problème. »

Tonnerre, en chef de clan, mit fin à la discussion. Il valait mieux pour Rudolf de ne pas en rajouter.

« Dites-moi Cupidon, lui demandais-je discrètement, **à quelles règles font-ils allusion ?** »
« Voyez-vous Père Nicolas, un jeune renne qui utilise la poussière d'étoiles filantes pour voler avant d'avoir ses premiers bois s'expose à des réactions magiques et allergiques très puissantes qui deviendraient permanentes par la suite, paraît-il. »
« De toute façon, ce pauvre petit Rudolf est peut-être très mignon mais il est tellement distrait qu'il serait un danger pour l'équipée ! » dit un autre renne d'un air suffisant, arrivant au même moment et entendant la conversation.

« Permettez que je me présente, maître Nicolas. Je suis Pimpant, pour vous enchanter, dame Noël ! Je viens aux nouvelles car j'ai entendu dire que Tonnerre et Cupidon cherchaient une équipe pour une opération de sauvetage ou quelque chose comme ça. »

« C'est bizarre comme les nouvelles vont vite au Pôle Nord ! » dit Cupidon de façon un peu ironique.

« J'aurais aimé être le premier à qui on parle de l'affaire. Je suis extrêmement déçu. Mais puisque je suis là, tout ira bien maintenant ! »

Tous les autres rennes présents riaient dans leur truffe.

« Rassurez-vous, Père Nicolas, en apparence il a l'air hautain comme ça ce Pimpant mais dans le fond... il l'est ! Hé hé hé ! Il a quand même des qualités mais il faut seulement chercher un peu, c'est tout. Un conseil, ne lui donnez jamais un miroir ; il en aurait pour des heures à s'exclamer qu'il est beau comme un paon et intelligent comme un dieu. »

Arrive un autre renne répondant à l'appel de Cupidon, qui se présente en retard.

« Voilà ! Voilà ! J'arrive ! Que se passe t-il pour qu'on réveille les gens si tôt ? »

« Bonjour Flâneur ! dit Fringant. Il est quand même 11h du matin et tu devrais déjà être debout depuis longtemps. As-tu fait tes exercices comme je te l'ai demandé, lourdaud ? »

« Allons ! Allons Fringant ! dit Tonnerre. Flâneur est un compagnon exceptionnel. Et même si parfois il est à la traîne, il est très sympathique. »

« S'il ne se goinfrait pas tant, il serait peut-être en meilleure forme ! » rajoute Pimpant.

« Mais qu'est-ce qui se passe à la fin ? » dit Flâneur.

« Rien de spécial mon grand, nargua amicalement Fringant, sauf que je t'annonce que nous allons faire une longue promenade, ça te fera du bien, un peu d'exercice ! »

« Voilà ! dit Cupidon. Avec huit rennes pour survoler la banquise, nous pouvons sûrement espérer retrouver ce groupe de lutins ! »

« Venez tous ici maintenant, dis-je à la harde de Tonnerre. Il ne me reste plus qu'à vous saupoudrer avec de la poussière d'étoiles filantes. Voilà ! »

Je les saupoudrai. En un éclair, tous s'envolèrent à toute vitesse.

« Et surtout, assurez-vous de revenir avant le Kaamos, quoi qu'il arrive. » criais-je.

Mais je ne suis pas certain qu'ils m'aient entendu. C'était la première fois que je voyais des rennes voler et croyez-moi, c'est très impressionnant !

Le petit Rudolf était là, regardant ses parents, son oncle et tous les autres s'envoler. Il était encore déçu du refus imposé par son père.

« Je me demande si je ne pourrais pas intervenir pour aider ce petit. Il est si allumé et si pétillant de vie ! » me dis-je en moi-même.

« Un jour, dit Rudolf, je vais voler moi aussi ! »

« Tu sais Rudolf, lui dis-je, le fait que tu ne puisses les accompagner n'est pas seulement une question d'âge. Moi-même, ne sachant pas voler, j'aime mieux être utile à ma façon, en utilisant mes propres forces. »

Et oui ! Ce fut là ma première intervention avec un enfant qui avait besoin de moi ! Je me suis senti très maladroit ! Je me suis dit qu'il me faudra améliorer cette aptitude !

« La meilleure chose à faire quand tu n'as rien à dire et que tu tiens à réconforter quelqu'un, disait Olga, ma maman, c'est de lui faire la plus grosse bise que tu peux ! »

C'est donc sans insister davantage avec les mots que je fis un gros câlin à Rudolf.

« Allez, rentrons au palais de la fée pour attendre patiemment leur retour. »

Une heure passa. Puis une autre. Et une autre encore. À l'horizon, le soleil descendait de plus en plus. Nous étions à quelques minutes seulement de la grande noirceur polaire. Aucune nouvelle de nos amis les rennes, ni des lutins du sud d'ailleurs.

« Mais que font-ils ? Mais que font-ils ? répétait sans cesse Gilbreth. Ils devraient pourtant déjà être là. Pauvres cousins, pauvres rennes ! Qu'allons-nous faire ? »

Un lutin entra au palais sans même prendre le temps de refermer la porte derrière lui.

« Ça y est, le Kaamos est tombé ! »

« Malheur ! Quel malheur ! Nos pauvres amis sont seuls dans le froid intense d'une nuit sans fin. Ils ne survivront jamais, c'est impossible ! » paniqua Gilbreth.

Rudolf, entendant ces propos, le cœur gros, galopa à toute vitesse vers la sortie du palais.

« Rudolf ! Rudolf ! » criais-je.

Rien n'y fit. Il continuait sa course sans s'arrêter.

«**Nicolas**, dit Blanche. **Je ne voudrais surtout pas semer l'inquiétude mais je crois bien que le petit est parti avec ce qui te restait de poussière d'étoiles filantes ! ! !** »

Effectivement, la pochette dans laquelle tenait la poussière magique n'était plus à ma ceinture ! Rudolf caressait la ferme intention de voler au secours de ses parents et amis !

Désirant reprendre son souffle, Rudolf s'arrêta derrière un banc de neige. Prenant soudain conscience de ce qui se passait, il pleura longuement dans la profonde nuit polaire. Lorsqu'il reprit ses sens, il était déterminé.

«**Ça ne se passera pas comme ça ! Je refuse d'abandonner mes parents même si on m'a dit que cette poussière était dangereuse pour moi !** »

Il ouvrit le sac de poussière d'étoiles filantes et se saupoudra la tête avec ce qui restait dans le sac. Les effets furent immédiats. D'abord Rudolf se sentit tout léger, puis il fit un bond comme il en faisait souvent pour s'amuser. Mais cette fois, il bondit très haut dans le ciel. Il volait mais perdit rapidement le contrôle. Ne sachant trop comment s'y prendre, il tenta de se redresser mais il retomba dans un banc de neige. En s'extirpant de cette neige, il éternua. Et à chaque éternuement, son nez s'illuminait et devenait même progressivement tout rouge. Il paniqua au début mais comme il ne ressentait aucun autre effet, il tenta à nouveau de prendre son envol.

«**Ça y est, je vole !** »

Rudolf, tout excité, se mit à voler de nouveau, avec plus de contrôle cette fois. Mais dès qu'il retombait, il éternuait encore et encore et son nez s'illuminait et devenait tout rouge, par intermittence. Considérant que cet effet de lumière n'était pas inquiétant, il poursuivit son expérience. Et là, son nez resta rouge durant toute son envolée. À force de persévérance, il prit le contrôle de son envol et redescendit cette fois tout en douceur. Il éternua et son nez s'éteignit et se ralluma comme un clignotement. L'effet de la poussière d'étoiles filantes était terminé et il n'avait même pas eu le temps de retrouver ses parents. Il lui fallait d'autres poussières s'il souhaitait partir à la recherche de ses parents et du reste de sa harde. Car c'était bien maintenant le projet que Rudolf caressait.

Sans dire un mot, il revint quelques heures plus tard.

« Ça va Rudolf ? » dis-je inquiet.

« Oui ! Oui ! Père Nicolas, ça va mieux maintenant. » répondit Rudolf.

« N'as-tu pas quelque chose à nous dire, jeune Rudolf ? » dit Blanche sur un ton calme et rassurant. Jamais je n'avais entendu quelqu'un s'adresser à une autre personne avec tant de bienveillance et d'amour.

« Rien de spécial ! » dit Rudolf un peu mal à l'aise.

Grâce à mes nouveaux pouvoirs magiques, je ressentis une étrange sensation dans mon cœur lorsque Rudolf répondit à Blanche. Mais je ne dis rien et laissai Rudolf assumer son petit mensonge. Blanche aussi, avec ses lunettes magiques, avait lu dans le cœur du jeune faon.

« Atchoum ! Atchoum ! » sans crier gare, Rudolf se mit à éternuer. Tous se rendirent compte qu'il se passait quelque chose en voyant le nez du faon s'illuminer et éclairer tout le palais de glace d'une lumière rouge écarlate à chacun de ses éternuements.

« Mais je reconnais ce symptôme allergique magique ! dit Gilbreth. Toi mon coquin, tu as vraiment utilisé la poussière d'étoiles magiques ! Qu'as-tu fait, malheureux ? Tu ne pourras plus jamais te débarrasser de cet effet magique. »

« Oui, j'ai utilisé la poussière d'étoiles, voilà ! dit Rudolf, une larme à l'œil. Mais je devais tout tenter pour sauver mes parents et le reste de mon groupe. S'il vous plaît, fée Stella, venez à mon secours, apparaissez, je vous en prie. »

Il reçut d'abord l'écho de sa propre voix comme simple réponse. Puis en plein centre de la première salle du palais de glace, là où Stella avait l'habitude d'apparaître, on vit plutôt un petit sac doré. On le devinait tous, ce sac était rempli de poussière d'étoiles filantes.

« Ne serait-il pas plus sage, Rudolf, de ne pas utiliser la magie des lutins et de la fée comme ton papa te l'a demandé ? » dis-je simplement pour lui donner le temps de bien réfléchir.

Mais Rudolf prit le sac magique. Stella fit entendre sa douce voix mélodieuse et me rappela mon rôle.

« Maintenant que Rudolf a fait son choix, c'est à vous, Père Nicolas, de le guider dans ce choix. »

« Je suis désolé de vous avoir menti, Père Nicolas. Mais avec la réaction de mon nez, je veux dire puisqu'il brille, je pourrais retrouver tout le monde plus facilement. S'il vous plaît, maître Noël, faites-moi confiance. »

Avant de prendre une décision, je devais m'assurer qu'il voyait bien toutes les conséquences de son choix. En tous les cas, c'est ce que j'aurais aimé qu'un guide fasse pour moi dans pareille circonstance.

« Hum ! N'as-tu pas peur que cette allergie ne devienne plus forte ? »

« Mais Père Nicolas, des gens sont en danger : toute ma famille l'est et toute ma harde aussi. Il faut les aider. Rappelez-vous ce que vous-même m'avez dit tout à l'heure. Ce n'est pas seulement une question d'âge ; il faut être utile avec ses propres forces. J'ai la possibilité, grâce à mon nez, d'éclairer mon chemin. Je pour-rais donc les retrouver plus facilement que quiconque ici. »

Sentant dans mon cœur que Rudolf disait la vérité, je décidai de l'appuyer dans le choix qu'il venait de faire.

« D'accord, jeune Rudolf. J'accepte de te laisser prendre ton envol mais à une seule condition. Te sens-tu capable de me prendre sur ton dos ? Car il n'est pas question que tu y ailles seul ! »
« Bien sûr. Sans aucun problème. » me dit Rudolf, peut-être un peu trop confiant !

Je n'hésitai pas une seconde et je montai sur le dos de Rudolf.

Après avoir utilisé un peu de poussière d'étoiles filantes que je fis tomber sur la tête du faon, il prit son élan et galopa d'abord très rapidement sur la glace et la neige. Puis au bout d'un moment, il prit son envol avec moi sur son dos. Je vous avouerai qu'au début, je n'étais pas trop sûr. Mais après quelques minutes, je sentis que tout allait pour le mieux. Rudolf, sentant que je lui faisais confiance, alla de plus en plus vite. Puis son nez se mit à briller, briller si intensément, qu'on pouvait voir la banquise tout en bas.

Pendant une heure complète, il chercha et chercha partout sur la banquise des traces dans la neige, des objets ou tout signe de vie. Son nez éclairait tout autour mais on ne vit rien !

« Rentrons Rudolf ! Je te sens fatigué. Tu ne peux plus continuer comme ça. Nous reviendrons, je te le promets. Mais pour l'instant, il faut que tu te reposes. »
« Juste encore un peu Père Nicolas car je suis sûr d'y arriver. Et il continua à chercher avec grande concentration. Il voulait tellement aider ses parents, les rennes et les lutins. Son grand cœur a été vite récompensé. **Là ! Là ! Regardez Père Nicolas, je vois quelque chose.** »

Soudain juste devant nous, la harde de rennes était là. Les rennes étaient blottis les uns contre les autres pour mieux se réchauffer et se protéger du froid intense qui régnait sur la banquise. Mais aucunes traces des lutins du sud. Rudolf descendit tant bien que mal car il n'avait pas l'habitude. Avec moi sur son dos, ce devait être ardu.

« **Papa ! Maman !** » cria Rudolf de toutes ses forces.

Tonnerre et Comète, contents de nous voir, coururent vers nous.
« **Rudolf ? C'est bien toi, mon petit ?** » dit Comète.
« **Père Nicolas ? Rudolf ? Mais que… comment ?… qu'as-tu fait ? Tu voles ?** »
Après quelques explications quant au courage de son fils, Tonnerre, même s'il était fier de lui, était quand même perplexe face au choix que Rudolf avait fait.

« **Maintenant, maître Nicolas, faites-nous voler afin que nous puissions poursuivre nos recherches avant qu'il ne soit trop tard pour ces pauvres lutins du sud. Ils ne peuvent pas être bien loin d'ici. Et promettez-moi de ramener le petit au royaume de l'étoile du Nord.** »

« Mais papa, je... »

« Non, mon fils, pas de discussion. Cette recherche est trop dangereuse pour un faon de ton âge. »

« Tonnerre, mon ami, dit le sage Cupidon, c'est grâce à son nez éclairant qu'ils ont pu nous retrouver. Rudolf possède donc un avantage qui pourrait nous être fort utile pour nos recherches. Il pourra même nous guider sur le chemin du retour. Qu'en penses-tu ? »

« Moi, je suis d'accord. » dis-je en faisant un clin d'œil à Rudolf.

« Moi aussi. Et moi aussi. » dirent les autres rennes de la harde.

Tonnerre, en bon chef de harde qu'il était, analysa la proposition.

« Papa, si tu me laisses voler, je respecterai ton commandement ! »

« Bon ! Puisqu'il faut bien que tu apprennes un jour, autant commencer tout de suite. Reste bien à mes côtés durant le vol, petit. »

Je saupoudrai tous les rennes qui prirent aussitôt leur envol. Cette fois, c'est mon ami Cupidon qui accepta de me prendre sur son dos. Grâce au nez de Rudolf qui éclairait à un kilomètre à la ronde, nous avons finalement réussi à retrouver les lutins qui s'étaient réfugiés dans des igloos de fortune.

Ils les avaient construits en sciant la glace avec leurs outils qu'ils transportaient toujours avec eux, en bon menuisier qu'ils sont. À dos de rennes et toujours guidés par le nez de Rudolf, tous les lutins rentrèrent sains et saufs au royaume de l'étoile du Nord.

« Vous voyez, cher Gilbreth, dit Luka, nos cousins du sud auront le temps de fabriquer les jouets à temps pour la toute première distribution du Père Nicolas Noël. Combien de fois vais-je devoir vous le dire, ami de toujours ; tout arrivera au bon moment ! Tout arrive toujours au bon moment ! »

Toc ! Toc ! Toc !

« Réveillez-vous, maître Noël ! Debout, madame Natale ! Nous sommes au matin du 21 décembre et une grande journée vous attend ! »

« Décidément, me faire réveiller en pleine nuit pour me faire dire bon matin ! Je ne sais trop si je m'y

habituerai !» dit Blanche.
« Nous arrivons Luka. Nous arrivons ! »

En ouvrant la porte de la chambre d'ami, Luka, planté là, grand sourire accroché à ses oreilles, nous annonce que notre maison est enfin terminée.

« Dépêchez ! Venez ! Courez ! Nous devons préparer votre nouvelle demeure pour le grand banquet du solstice d'hiver, la grande fête du Nord. Déjà aux petites heures du matin, un branle-bas de combat s'est amorcé dans tout le royaume. Vite, venez ! Venez ! Mais dépêchez-vous ! »

Effectivement, arrivés dans notre nouvelle maison, un chaos indescriptible y régnait. Dans nos nouvelles cuisines, une musique cacophonique de casseroles, de chaudrons et de cuillères se faisait entendre. Les lutins du Nord y préparaient alors un festin divin et des chocolateries sans nom.

« Ah ! Chers amis, entrez ! Entrez ! dit Gilbreth. Soyez bienvenus dans votre nouvelle demeure. J'aimerais bien vous faire faire le tour du propriétaire mais je suis trop occupé pour l'instant. Et après tout, faites comme chez vous ! Moi, je dois superviser la préparation de la nouvelle salle des banquets... Non ! Non ! Non ! dit-il à une cinquantaine de lutins affairés à disposer les couverts sur une longue table de la salle à manger. Pas les assiettes régulières, je vous ai dit mille fois que pour la fête du solstice, ce sont les couverts de porcelaine de Chine qui doivent être utilisés. Astiquez bien la coutellerie d'argent. Placez-les dans un ordre impeccable. Ho non ! Les coupes de cristal... J'ai oublié d'inspecter les coupes de cristal ! Vous m'excuserez Père Nicolas, mais comme nous recevons des gens importants pour la fête de ce soir, je dois vous laisser. Ho non ! Les invitations, j'ai oublié d'envoyer les invitations ! »

« Laissez-nous vous aider, dit Blanche. Après tout, comme vous le dites, nous sommes chez nous maintenant. »
« Père Nicolas et moi, dit Luka, préparerons tout de suite et expédierons les cartons d'invitation. Vous n'avez aucune inquiétude à vous faire car tout... »
« ON LE SAIT ! TOUT ARRIVERA AU BON MOMENT ! CAR TOUT ARRIVE TOUJOURS AU BON MOMENT ! » s'exclamèrent en riant tous les lutins présents dans la salle.
« Mais dites-moi, maître Lutin, qui est invité à la fête ? Pourquoi disposer tant de couverts et s'affairer avec autant d'énergie ? »

« Mais, cher Nicolas, le tout Fééria est invité ! Mère Noël et vous, êtes maintenant des gens très importants pour nous et pour les enfants du monde. Tous veulent vous féliciter, vous remercier et vous encourager dans votre nouveau rôle de protecteur des enfants. Il y aura les fées du royaume de FÉÉRIA, avec la reine Stella en tête, bien sûr. Hiverna, reine des neiges éternelles sera accompagnée de BORÉE, vent du nord et de leurs enfants, les elfes des neiges. Il y aura aussi mère Nature, votre cousine, au bras d'ÉOLE, roi des vents. Tous ces gens auront droit aux places d'honneur à la table du banquet. »

« Puis il y aura aussi les clowns les plus célèbres des quatre coins du monde. ajoute Gilbreth qui passait par là les mains remplies de coupes à vin. Ils arriveront probablement en ballon dirigeable comme à leur habitude lorsqu'ils nous visitent. »
« Des magiciens de renommée mondiale seront de la fête, reprit Luka. Et aussi plusieurs autres cousins éloignés de la grande famille des lutins : lutins forestiers, leprechauns, gnomes, lilliputiens, farfadets. Et... Gilbreth a dit qu'après le banquet, la fée Stella aura une annonce importante à faire concernant les rennes. »

Une fois que tout fut fin prêt, Luka, Blanche et moi attendions impatiemment nos invités. Devant notre immense maison, les lutins du nord, Gilbreth en tête, avaient organisé un comité d'accueil.

« Regarde Blanche ! Le ciel ! Il s'illumine de milliers d'étoiles ! »
« Et cette lumière boréale multicolore Nicolas. On dirait de grandes marionnettes qui dansent sous l'étoile du Nord. »
« Ça, c'est le signal, dit Luka, nos invités arrivent... »

Après le repas, les desserts à la crème et les digestifs, Gilbreth vint me voir.
« En tant qu'hôte, c'est maintenant l'heure d'inviter les gens à passer dans la grande salle festive, maître Nicolas. »

En franchissant la porte de cette grande salle, je remarquai qu'un immense sapin était installé en plein centre. Il était haut comme une tour de cinq, non, dix... oui... dix étages ! Je n'avais jamais vu de sapin si beau, si brillant, si étincelant. À côté du sapin, la fée Stella était là debout, entourée de Tonnerre et de toute sa harde.
Et c'est alors qu'une chose incroyable se produisit. Quelque chose de magique, de mystique, et de solennel. Tous s'installèrent de façon naturelle et en silence autour de l'immense sapin. La Reine de l'étoile du Nord prit la parole...

« Chers amis éternels, je vous annonce une grande nouvelle. En guise de reconnaissance pour avoir sauvé les lutins du sud, le grand conseil des cent sages de Fééria accepte de donner la vie éternelle à Tonnerre et à tous les membres de sa harde. »

« Bravo ! Bravo ! Vive Tonnerre ! Vive Comète et tous les autres rennes ! »

« Chut ! Laissez la reine fée parler, elle n'a pas terminé ! »

« Aussi, je vous annonce que pour faire la distribution des cadeaux aux enfants sages du monde, les lutins du nord vous offrent, cher Père Nicolas, ce traîneau auquel ils ont donné le nom de Dagda. »

Venu de nulle part, l'immense traîneau apparut sous nos yeux.

Nous avions l'air minuscule à côté de cette immense troïka. Pas étonnant qu'il puisse transporter tous les cadeaux de tous les enfants de tous les pays du monde ! Cependant une chose me chicotait l'esprit.

« Pardonnez-moi, ma reine, mais j'aimerais savoir...

Cet immense traîneau déjà très lourd, une fois rempli de cadeaux, ne pourra plus bouger ! »

Un des lutins du sud, accompagné de Luka, s'avança. Luka prit la parole ;

« Si je peux me permettre votre excellence et magnifique reine. la fée acquiesça. Père Nicolas, très chère mère Noël, je vous présente Perlimpinpin, mon cousin du sud. Il est un grand mage. Il vous offre cette poudre magique nommée en son honneur la poudre de perlimpinpin et comme rien ne vaut une démonstration...»

Alors, le nommé Perlimpinpin, en lançant un peu de poudre, fit apparaître un ours en peluche géant presque aussi gros que moi ! La peluche tournoyait dans le vide entre Stella et Blanche.

« **Regardez bien !** dit Perlimpinpin en prenant une petite pochette accrochée à sa ceinture. Il l'ouvrit... **Je mets une pincée de cette poudre magique sur l'ourson et...** »

L'ourson se mit à tourner et à tourner de plus en plus vite sur lui-même. Puis il rétrécit ! L'immense toutou qui flottait devant Blanche et moi une minute plus tôt était devenu à peine plus gros que l'ongle de mon petit doigt.

« ...Voilà ! dit-il avec un sourire déconcertant. **Tous les jouets seront miniaturisés pour le temps du voyage. Ainsi, vous maximiserez l'espace dans le chariot.** »

« De plus, ajouta Luka, **cette poudre magique vous permettra, cher ami, de vous miniaturiser vous-même !** Ainsi, ni vu ni connu et sans faire trop de bruit, vous pourrez entrer par d'aussi petits trous qu'une fissure dans la pierre ou une fenêtre mal fermée ou mal calfeutrée. Une fois à l'intérieur d'une maison, grâce à la formule magique appropriée, vous reprendrez votre taille normale et y déposerez les jouets. Personnellement, je vous suggère d'entrer par les cheminées. Plus efficace et plus rapide ! Et c'est surtout moins dangereux de se faire prendre par un chien bien dompté pour la garde ou par un chasseur de souris. »

« Ou encore, poursuivit Perlimpinpin, **vous pourrez utiliser cette clé magique qui ouvrira toutes les portes de maisons derrière lesquelles dormiront des enfants sages.** »

« À une certaine époque, lorsque nous vivions davantage avec les humains, les jeunes lutins avaient l'habitude, durant la nuit, de quitter la forêt et de visiter ainsi les enfants et de leur jouer des tours. Oh, rien de bien méchant, rassurez-vous ! Des coquineries plutôt. N'avez-vous pas vous-même, maître Nicolas, cherché plus d'une fois vos chaussettes ou vos pantoufles le matin venu, et être pourtant sûr de les avoir bien déposées l'une à côté de l'autre avant de vous coucher ? »

« C'était donc vous ? » tous se mirent à rire.

« Allons ! Allons un peu de décorum messieurs ! Et s'il vous plaît, laissez sa majesté reprendre la parole ! **Je vous en prie !** » dit Gilbreth qui tenait mordicus à ce que l'on revienne un peu au protocole. Et la fée des étoiles reprit la parole…

« Nicolas, je vous remets cette poussière d'étoiles filantes afin d'alléger Dagda. Ainsi, il volera et vous pourrez faire le tour du monde en un rien de temps. Je laisse maintenant à Tonnerre le soin de vous annoncer une autre bonne nouvelle. »

« Merci, Majesté. dit Tonnerre avant de s'éclaircir la voix. J'ai le plaisir de vous annoncer que Comète, ma compagne de vie, mon frère Éclair, mes cinq autres compagnons de harde et moi-même, sommes tous d'accord pour tirer ce magnifique traîneau à travers le ciel chaque année pour faciliter votre distribution de jouets, ami Nicolas. »

« Merci. Merci mille fois, mes amis. Je vois que tous ont à cœur de nous aider mère Blanche Noël et moi. Chacun peut le faire à sa façon en apportant ses propres forces. »

En disant cela, je regardais Rudolf qui avait l'air tout triste à côté de Comète sa mère.

« Certes avec de la magie, des lutins experts en fabrication de jouets, une fée comme guide et huit rennes, il ne me manque absolument rien pour accomplir ma mission. Mais comme cette mission que vous m'avez donnée consiste à octroyer une récompense à ceux et celles qui tentent de faire le bien autour d'eux et qui ont le désir de devenir meilleurs, je dois faire un premier cadeau à quelqu'un qui le mérite bien. Grâce à lui, nous avons sauvé les lutins du sud, même si pour ce faire, il a dû désobéir à une règle. Il a su être prudent et dans une situation périlleuse, tourner un événement fâcheux en solution qui a permis à toute une harde de rennes d'avoir la vie sauve. Approche Rudolf, mon ami. Et si tes parents acceptent et seulement s'ils acceptent, j'aimerais que tu guides mon chemin à travers les cieux. Grâce à ton petit nez rouge, qui éclairera à des kilomètres à la ronde, tous sur terre sauront que je suis là pour eux tant et aussi longtemps qu'ils le voudront. »

Rudolf trépignait d'impatience! Il courut vers son père et sa mère.

« Papa, je peux? Dis oui! Dis oui! Je serai prudent, je te le promets! Dis oui! S'il te plaît, dis oui! Regarde mes bois ont commencé à pousser. Je suis grand maintenant. »

Tonnerre et moi avons échangé un regard complice confirmant le début d'une longue amitié.

« D'accord. Mais sache, jeune faon que dorénavant, je ne serai plus seulement ton père, je serai également ton chef de harde. Grandir veut aussi dire prendre des responsabilités ! »
« Oui, père ! Euh, je veux dire c'est promis, chef ! Oui, chef ! Entendu, chef ! »

Et depuis ce jour, c'est avec une fierté peu commune que Rudolf, malgré son allergie, guide l'immense traîneau Dagda. Et c'est donc depuis le tout début que mon traîneau est tiré non pas par huit, mais bien par neuf rennes parmi les plus beaux et les plus extraordinaires de tous les rennes du nord pour le grand plaisir du magicien à la barbe blanche que je suis.

Et c'est ainsi que trois nuits plus tard, ton arrière-arrière-grand-papa et ton arrière-arrière-grand-maman, alors qu'ils n'étaient eux-mêmes que des enfants, virent dans le ciel pour la première fois une lueur rouge survoler la terre pour distribuer des cadeaux à vous, les enfants sages du monde... c'était le nez de Rudolf qui illuminait le ciel.

...mais ça, c'est déjà une autre histoire !

Merci Rudolf de m'avoir permis, par ta bravoure, de raconter cette histoire.